新版　作品で読む宮沢賢治

京都橘大学日本語日本文学科　編

新典社

目次

序章　宮沢賢治

その生涯と文学

本書には、宮沢賢治の作品の内、『注文の多い料理店』『オツベルと象』『なめとこ山の熊』『よだかの星』『グスコーブドリの伝記』『銀河鉄道の夜』を収録した。『注文の多い料理店』『よだかの星』は作品の全文を、『オツベルと象』『なめとこ山の熊』『グスコーブドリの伝記』『銀河鉄道の夜』は作品のとくに重要な箇所だけを選んで収録したが、全文を収録していない作品も本書を一読すれば大まかに内容がわかる構成になっている。

しかし単に作品を読むだけでは、その文学作品の本質や作者の意図を見出すことができない。私たちが生きている現代と、作者が生きた時代では社会背景や文化的環境など、異なる点が多々あるからである。

そこで、序章ではまず宮沢賢治について、また宮沢賢治が生きた時代の社会背景や文化的環境について説明したいと思う。

宮沢賢治は、明治二九年に岩手県花巻市で生まれた。その当時、古着屋と質屋を営んでいた父、政次郎と母、イチとの長男で、四人の弟妹がいた。母方の祖父宮沢善治は、当時の花巻でもっとも裕福な商人で、富裕階級に属するというこの負い目が、賢治の生き方や作品に大きな影響を与えたようである。

花巻の尋常高等小学校から盛岡中学校を経て盛岡高等農林学校で学び、大正七年に優れた成績で卒業したが、家業を継ぐことを期待した父と、ヨードや海藻灰の製造、また石灰岩の採掘といった実業に従事したいと考えた賢治は衝突してしまう。このときは盛岡高等農林学校の研究生として関豊太郎教授の下で指導を受けることで妥協したが、稗貫郡の土壌調査に従事した結果は後年の羅須地人協会の活動に大きな意味を持つことになる。

賢治の父は熱心な浄土真宗の信者だったので、幼い頃から賢治も仏教典に親しんでいたが、中学卒業の年の九月に『法華経』を読んでからは常に座右として読誦していた。盛岡高等農林学校を卒業した頃から菜食主義者になり、大正九年には日蓮宗の信仰団体の一つ国柱会に入会して布教を始め、父母に改宗を熱心に勧めたが受け入れられず、対立は深まる一方だった。

大正一〇年一月、店番をしていた賢治の背中に棚の上の『日蓮上人遺文』が落ちてきたことをきっかけに、家出同然に突然上京して九月まで本郷の下宿に住まい、街頭での布教活動に従事するようになる。そして、国柱会の高知尾《たかちお》智耀《ちよう》から文芸作品による大乗仏教の普及を勧められたことをきっかけに、文学にたいする情熱をかきたてられることとなった。上京中に童話の創作を始め、大正一〇年八月に妹、トシの病気が重いという知らせを受けて帰郷したときの賢治の荷物は、草稿でいっぱいだったと言われている。この草稿の中には、後に童話集『注文の多い料理店』に収められた童話のいくつかが含まれていた。

大正一〇年一二月、稗貫郡立稗貫農学校の教諭に就任し、翌一一年一月から賢治は『春と修羅』の詩作を始める。約四年三ヶ月の教諭生活の中で波乱は少なくなかったが、文学的には充実していて、宮沢賢治文学における最初の頂点と言える。

大正一五年三月に依願退職し、下根子桜の宮沢家の別荘で一人暮らしを始めた賢治は、付近の土地に花壇をつくり、また開墾して耕作を始める。青年たちを集めてレコードを鑑賞したり合奏練習をしたり、近隣の子どもたちに童話の読み語りもしていた。八月には羅須地人協会を設立して花巻とその近郊の数ヶ所に肥料設計事務所を設け、農民たちに自然科学や農民芸術について講義したり、稲作の施肥や品種改良について教えたりしていた。そして、賢治は、稲作不良を気遣って風雨の中を東奔西走するなど肉体を酷使した結果、漸次身体が衰弱して肋膜炎を患い、昭和三年八月には父母の下で病の床に臥せることになる。

その後はほぼ病床のまま、読書や自身の作品の推敲をしたり文語詩を制作したり、長編童話『グスコーブドリの伝記』『銀河鉄道の夜』などの作品を執筆し、亡くなる間際まで改稿を加え続けた。その間、昭和四年に東北砕石工場の鈴木東蔵が賢治を訪れて意見を求めたことが契機となり、病状が回復したように見えた昭和六年、東北砕石工場技師として炭酸石灰の販売斡旋のために東北諸県や東京などを旅行した。鈴木東蔵は、宮沢家の資金的援助と賢治の農業技術者としての学識や情熱との両方を期待していた。これは、賢治にとっても大正七年以来の夢が実現するチャンスでもあった。

昭和六年九月、炭酸石灰の製品見本を持って上京したと同時に発熱し、約一週間後に帰郷してふたたび病床に臥し、一一月三日には『雨ニモマケズ』を手帳に書き残す。昭和七年、病床で高等数学を学んだり俳句を制作し、昭和八年には習字を始めたりしたが、その間も『銀河鉄道の夜』の推敲や清書を続けていた。昭和八年九月二〇日には急性肺炎の徴候があったが、賢治は農民からの肥料に関する相談に応じた。翌二一日に賢治の容態は急変し喀血したが意識は明瞭で、国訳法華経を一〇〇〇部印刷し、知己に配布するように遺言した後、息を引き取った。

生前、詩集『春と修羅』、童話集『注文の多い料理店』を出版し、また草野心平のすすめで『銅鑼』の同人となり詩作を発表した。そのほかにも、若干の詩や童話を様々な雑誌や新聞などに発表したが、賢治の作品は一部の読者以外にはほとんど知られていなかった。死後、文圃堂版や十字屋書店版、筑摩書房版などの全集が編集された。

I

『注文の多い料理店』

（『イーハトヴ童話　注文の多い料理店』大正一三年一二月）

二人の若い紳士が、すっかりイギリスの兵隊のかたちをして、ぴかぴかする鉄砲をかついで、白熊のような犬を二匹つれて、だいぶ山奥の、木の葉のかさかさしたとこを、こんなことを云いながら、あるいておりました。

「ぜんたい、ここらの山は怪《け》しからんね。鳥も獣も一匹も居やがらん。なんでも構わないから、早くタンタアーンと、やって見たいもんだなあ。」

「鹿の黄いろな横っ腹なんぞに、二三発お見舞もうしたら、ずいぶん痛快だろうねえ。くるくるまわって、それからどたっと倒れるだろうねえ。」

それはだいぶの山奥でした。案内してきた専門の鉄砲打ちも、ちょっとまごついて、どこかへ行ってしまったくらいの山奥でした。

それに、あんまり山が物凄《ものすご》いので、その白熊のような犬が、二匹いっしょにめまいを起こして、しばらく吠《うな》って、それから泡を吐いて死んでしまいました。

「じつにぼくは、二千四百円の損害だ」と一人の紳士が、その犬の眼《ま》ぶたを、ちょっとかえしてみて言いました。

「ぼくは二千八百円の損害だ。」と、もひとりが、くやしそうに、あたまをまげて言いました。

はじめの紳士は、すこし顔いろを悪くして、じっと、もひとりの紳士の、顔つきを見ながら云いました。

「ぼくはもう戻ろうとおもう。」

「さあ、ぼくもちょうど寒くはなったし腹は空《す》いてきたし戻ろうとおもう。」

「そいじゃ、これで切りあげよう。なあに戻りに、昨日の宿屋で、山鳥を十円も買って帰ればいい。」

「兎もでていたねえ。そうすれば結局おんなじこった。では帰ろうじゃないか」

ところがどうも困ったことは、どっちへ行けば戻れるのか、いっこうに見当がつかなくなっていました。

風がどうと吹いてきて、草はざわざわ、木の葉はかさかさ、木はごとんごとんと鳴りました。

「どうも腹が空いた。さっきから横っ腹が痛くてたまらないんだ。」

「ぼくもそうだ。もうあんまりあるきたくないな。」

「あるきたくないよ。ああ困ったなあ、何かたべたいなあ。」

「食べたいもんだなあ」

二人の紳士は、ざわざわ鳴るすすきの中で、こんなことを云いました。

その時ふとうしろを見ますと、立派な一軒の西洋造りの家がありました。

そして玄関には

RESTAURANT
西洋料理店
WILDCAT HOUSE
山猫軒

という札がでていました。

「君、ちょうどいい。ここはこれでなかなか開けてるんだ。入ろうじゃないか」

「おや、こんなとこにおかしいね。しかしとにかく何か食事ができるんだろう」

「もちろんできるさ。看板にそう書いてあるじゃないか」

「はいろうじゃないか。ぼくはもう何か食べたくて倒れそうなんだ。」

二人は玄関に立ちました。玄関は白い瀬戸の煉瓦《れんが》で組んで、実に立派なもんです。

そして硝子《がらす》の開き戸がたって、そこに金文字でこう書いてありました。


「どなたもどうかお入りください。決してご遠慮はありません」


二人はそこで、ひどくよろこんで言いました。

「こいつはどうだ、やっぱり世の中はうまくできてるねえ、きょう一日なんぎしたけれど、こんどはこんないいこともある。このうちは料理店だけれどもただでご馳走《ちそう》するんだぜ。」

「どうもそうらしい。決してご遠慮はありませんというのはその意味だ。」

二人は戸を押して、なかへ入りました。そこはすぐ廊下になっていました。その硝子戸の裏側には、金文字でこうなっていました。


「ことに肥《ふと》ったお方や若いお方は、大歓迎いたします」


二人は大歓迎というので、もう大よろこびです。

「君、ぼくらは大歓迎にあたっているのだ。」

「ぼくらは両方兼ねてるから」

ずんずん廊下を進んで行きますと、こんどは水いろのペンキ塗《ぬ》りの扉《と》がありました。

「どうも変な家《うち》だ。どうしてこんなにたくさん戸があるのだろう。」

「これはロシア式だ。寒いとこや山の中はみんなこうさ。」

そして二人はその扉をあけようとしますと、上に黄いろな字でこう書いてありました。


「当軒は注文の多い料理店ですからどうかそこはご承知ください」


「なかなかはやってるんだ。こんな山の中で。」

「それあそうだ。見たまえ、東京の大きな料理屋だって大通りにはすくないだろう」

二人は云いながら、その扉をあけました。するとその裏側に、

「注文はずいぶん多いでしょうがどうか一々こらえて下さい。」


「これはぜんたいどういうんだ。」ひとりの紳士は顔をしかめました。

「うん、これはきっと注文があまり多くてしたくが手間取るけれどもごめん下さいとこういうことだ。」

「そうだろう。早くどこか室《へや》の中にはいりたいもんだな。」

「そしてテーブルに座りたいもんだな。」

ところがどうもうるさいことは、また扉が一つありました。そしてそのわきに鏡がかかって、その下には長い柄のついたブラシが置いてあったのです。

扉には赤い字で、

「お客さまがた、ここで髪をきちんとして、それからはきものの泥を落してください。」

と書いてありました。

「これはどうももっともだ。僕もさっき玄関で、山のなかだとおもって見くびったんだよ」

「作法の厳しい家《うち》だ。きっとよほど偉い人たちが、たびたび来るんだ。」

そこで二人は、きれいに髪をけずって、靴の泥を落しました。

そしたら、どうです。ブラシを板の上に置くやいなや、そいつがぼうっとかすんで無くなって、風がどうっと室の中に入ってきました。

二人はびっくりして、互《たがい》によりそって、扉をがたんと開けて、次の室へ入って行きました。早く何か暖いものでもたべて、元気をつけて置かないと、もう途方もないことになってしまうと、二人とも思ったのでした。

扉の内側に、また変なことが書いてありました。

「鉄砲と弾丸《たま》をここへ置いてください。」

見るとすぐ横に黒い台がありました。

「なるほど、鉄砲を持ってものを食うという法はない。」

「いや、よほど偉いひとが始終来ているんだ。」

二人は鉄砲をはずし、帯皮を解いて、それを台の上に置きました。

また黒い扉がありました。


「どうか帽子《ぼうし》と外套《がいとう》と靴をおとり下さい。」


「どうだ、とるか。」

「仕方ない、とろう。たしかによっぽどえらいひとなんだ。奥に来ているのは」

二人は帽子とオーバーコートを釘にかけ、靴をぬいでぺたぺたあるいて扉の中にはいりました。

扉の裏側には、

「ネクタイピン、カフスボタン、眼鏡、財布、その他金物類、
ことに尖《とが》ったものは、みんなここに置いてください」

と書いてありました。扉のすぐ横には黒塗りの立派な金庫も、ちゃんと口を開けて置いてありました。鍵まで添えて

あったのです。

「ははあ、何かの料理に電気をつかうと見えるね。金気《かなけ》のものはあぶない。ことに尖ったものはあぶないとこう云うんだろう。」

「そうだろう。して見ると勘定は帰りにここで払うのだろうか。」

「どうもそうらしい。」

「そうだ。きっと。」

二人はめがねをはずしたり、カフスボタンをとったり、みんな金庫のなかに入れて、ぱちんと錠をかけました。

すこし行きますとまた扉があって、その前に硝子の壺が一つありました。扉《と》にはこう書いてありました。


「壺のなかのクリームを顔や手足にすっかり塗ってください。」


みるとたしかに壺のなかのものは牛乳のクリームでした。

「クリームをぬれというのはどういうんだ。」

「これはね、外がひじょうに寒いだろう。室《へや》のなかがあんまり暖いとひびがきれるから、その予防なんだ。どうも奥には、よほどえらいひとがきている。こんなところで、案外ぼくらは、貴族とちかづきになるかも知れないよ。」

二人は壺のクリームを、顔に塗って手に塗ってそれから靴下をぬいで足に塗りました。それでもまだ残っていましたから、それは二人ともめいめいこっそり顔へ塗るふりをしながら食べました。

それから大急ぎで扉をあけますと、その裏側には、

「クリームをよく塗りましたか、耳にもよく塗りましたか、」

と書いてあって、ちいさなクリームの壺がここにも置いてありました。

「そうそう、ぼくは耳には塗らなかった。あぶなく耳にひびを切らすとこだった。ここの主人はじつに用意周到だね。」

「ああ、細かいとこまでよく気がつくよ。ところでぼくは早く何か食べたいんだが、どうもこうどこまでも廊下じゃ仕方ないね。」

するとすぐその前に次の戸がありました。

「料理はもうすぐできます。

十五分とお待たせはいたしません。

すぐたべられます。

早くあなたの頭に瓶の中の香水をよく振りかけてください。」

そして戸の前には金ピカの香水の瓶が置いてありました。

二人はその香水を、頭へぱちゃぱちゃ振りかけました。

ところがその香水は、どうも酢のような匂《におい》がするのでした。

「この香水はへんに酢くさい。どうしたんだろう。」

「まちがえたんだ。下女が風邪でも引いてまちがえて入れたんだ。」

二人は扉をあけて中にはいりました。

扉の裏側には、大きな字でこう書いてありました。

「いろいろ注文が多くてうるさかったでしょう。お気の毒でした。
もうこれだけです。どうかからだ中に、壷の中の塩をたくさん
よくもみ込んでください。」

なるほど立派な青い瀬戸の塩壷は置いてありましたが、こんどというこんどは二人ともぎょっとしてお互にクリームをたくさん塗った顔を見合せました。

「どうもおかしいぜ。」

「ぼくもおかしいとおもう。」

「たくさんの注文というのは、向うがこっちへ注文してるんだよ。」

「だからさ、西洋料理店というのは、ぼくの考えるところでは、西洋料理を、来た人にたべさせるのではなくて、来た人を西洋料理にして、食べてやる家《うち》とこういうことなんだ。これは、その、つ、つ、つ、つまり、ぼ、ぼ、ぼくらが……。」がたがたがたがた、ふるえだしてもうものが言えませんでした。

「その、ぼ、ぼくらが、……うわあ。」がたがたがたがたふるえだして、もうものが言えませんでした。

「遁《に》げ……。」がたがたしながら一人の紳士はうしろの戸を押そうとしましたが、どうです、戸はもう一分《いちぶ》も動きませんでした。

奥の方にはまだ一枚扉があって、大きなかぎ穴が二つつき、銀いろのホークとナイフの形が切りだしてあって、

「いや、わざわざご苦労です。

大へん結構にできました。

さあさあおなかにおはいりください。」


と書いてありました。おまけにかぎ穴からはきょろきょろ二つの青い眼玉《めだま》がこっちをのぞいています。

「うわあ。」がたがたがたがた。

「うわあ。」がたがたがたがた。

ふたりは泣き出しました。

すると戸の中では、こそこそこんなことを云っています。

「だめだよ。もう気がついたよ。塩をもみこまないようだよ。」

「あたりまえさ。親分の書きようがまずいんだ。あすこへ、いろいろ注文が多くてうるさかったでしょう、お気の毒でしたなんて、間抜けたことを書いたもんだ。」

「どっちでもいいよ。どうせぼくらには、骨も分けてくれやしないんだ。」

「それはそうだ。けれどももしここへあいつらがはいって来なかったら、それはぼくらの責任だぜ。」

「呼ぼうか、呼ぼう。おい、お客さん方、早くいらっしゃい。いらっしゃい。いらっしゃい。お皿も洗ってありますし、菜っ葉ももうよく塩でもんで置きました。あとはあなたがたと、菜っ葉をうまくとりあわせて、まっ白なお皿にのせるだけです。はやくいらっしゃい。」

「へい、いらっしゃい、いらっしゃい。それともサラドはお嫌いですか。そんならこれから火を起してフライにしてあげましょうか。とにかくはやくいらっしゃい。」

二人はあんまり心を痛めたために、顔がまるでくしゃくしゃの紙屑《かみくず》のようになり、お互にその顔を見合せ、ぶるぶるふるえ、声もなく泣きました。

中ではふっふっとわらってまた叫んでいます。

「いらっしゃい、いらっしゃい。そんなに泣いてはせっかくのクリームが流れるじゃありませんか。へい、ただいま。じきもってまいります。さあ、早くいらっしゃい。」

「早くいらっしゃい。親方がもうナフキンをかけて、ナイフをもって、舌なめずりして、お客さま方を待っていられます。」

二人は泣いて泣いて泣いて泣いて泣きました。

そのときうしろからいきなり、

「わん、わん、ぐわあ。」という声がして、あの白熊のような犬が二匹、扉《と》をつきやぶって室《へや》の中に飛び込んできました。鍵穴の眼玉はたちまちなくなり、犬どもはううとうなってしばらく室の中をくるくる廻っていましたが、また一声

「わん。」と高く吠えて、いきなり次の扉に飛びつきました。戸はがたりとひらき、犬どもは吸い込まれるように飛

んで行きました。

その扉の向うのまっくらやみのなかで、

「にゃあお、くゎあ、ごろごろ。」という声がして、それからがさがさ鳴りました。

室はけむりのように消え、二人は寒さにぶるぶるふるえて、草の中に立っていました。

見ると、上着や靴や財布やネクタイピンは、あっちの枝にぶらさがったり、こっちの根もとにちらばったりしています。風がどうと吹いてきて、草はざわざわ、木の葉はかさかさ、木はごとんごとんと鳴りました。

犬がふうとうなって戻ってきました。

そしてうしろからは、

「旦那あ、旦那あ、」と叫ぶものがあります。

二人はにわかに元気がついて

「おおい、おおい、ここだぞ、早く来い。」と叫びました。

簑帽子《みの》をかぶった専門の猟師が、草をざわざわ分けてやってきました。

そこで二人はやっと安心しました。

そして猟師のもってきた団子をたべ、途中で十円だけ山鳥を買って東京に帰りました。

しかし、さっき一ぺん紙くずのようになった二人の顔だけは、東京に帰っても、お湯にはいっても、もうもとのとおりになおりませんでした。

II

『オツベルと象』

（『月曜』大正一五年一月）

（1）

オツベルときたら大したもんだ。稲扱《いねこき》器械の六台も据《す》えつけて、のんのんのんのんのんのんと、大そろしない音をたててやっている。

十六人の百姓どもが、顔をまるっきりまっ赤にして足で踏んで器械をまわし、小山のように積まれた稲を片っぱしから扱《こ》いて行く。藁《わら》はどんどんうしろの方へ投げられて、また新らしい山になる。そこらは、籾《もみ》や藁から発《た》ったこまかな塵《ちり》で、変にぼうっと黄いろになり、まるで沙漠のけむりのようだ。

そのうすくらい仕事場を、オツベルは、大きな琥珀《こはく》のパイプをくわえ、吹殻《ふきがら》を藁に落さないよう、眼を細くして気をつけながら、両手を背中に組みあわせて、ぶらぶら往《い》ったり来たりする。

小屋はずいぶん頑丈《がんじょう》で、学校ぐらいもあるのだが、何せ新式稲扱器械が、六台もそろってまわってるから、のんのんのんのんふるうのだ。中にはいるとそのために、すっかり腹が空《す》くほどだ。そしてじっさいオツベルは、そいつで上手《じょうず》に腹をへらし、ひるめしどきには、六寸ぐらいのビフテキだの、雑巾ほどあるオムレツの、ほくほくしたのをたべるのだ。

（2）

そしたらそこへどういうわけか、その、白象《はくぞう》がやって来た。白い象だぜ、ペンキを塗《ぬ》ったのでないぜ。どういうわけで来たかって？　そいつは象のことだから、たぶんぶらっと森を出て、ただなにとなく来たのだろう。

そいつが小屋の入口に、ゆっくり顔を出したとき、百姓どもはぎょっとした。なぜぎょっとした？　よくきくねえ、何をしだすか知れないじゃないか。かかり合っては大へんだから、どいつもみな、いっしょうけんめい、じぶんの稲を扱いていた。

（3）

そしたらとうとう、象がのこのこ上って来た。そして器械の前のとこを、のんきにあるきはじめたのだ。

ところが何せ、器械はひどくまわっていて、籾は夕立かあられのように、パチパチ象にあたるのだ。象はいかにもうるさいらしく、小さなその眼を細めていたが、またよく見ると、たしかに少しわらっていた。

オツベルはやっと覚悟をきめて、稲扱器械の前に出て、象に話をしようとしたが、そのとき象が、とてもきれいな、鶯《うぐいす》みたいないい声で、こんな文句を云ったのだ。

「ああ、だめだ。あんまりせわしく、砂がわたしの歯にあたる。」

まったく籾は、パチパチパチパチ歯にあたり、またまっ白な頭や首にぶっつかる。

さあ、オツベルは命懸けだ。パイプを右手にもち直し、度胸を据えてこう云った。

「どうだい、ここは面白いかい。」

「面白いねえ。」象がからだを斜《なな》めにして、眼を細くして返事した。

「ずうっとこっちに居たらどうだい。」

百姓どもははっとして、息を殺して象を見た。オツベルは云ってしまってから、にわかにがたがたふるえ出す。ところが象はけろりとして

「居てもいいよ。」と答えたもんだ。

「そうか。それではそうしよう。そういうことにしようじゃないか。」オツベルが顔をくしゃくしゃにして、まっ赤

になってよろこびながらそう云った。

どうだ、そうしてこの象は、もうオツベルの財産だ。いまに見たまえ、オツベルは、あの白象を、はたらかせるか、サーカス団に売りとばすか、どっちにしても万円以上もうけるぜ。

（4）

オツベルときたら大したもんだ。それにこの前稲扱小屋で、うまく自分のものにした、象もじっさい大したもんだ。力も二十馬力もある。第一みかけがまっ白で、牙《きば》はぜんたいきれいな象牙《ぞうげ》でできている。皮も全体、立派で丈夫な象皮なのだ。そしてずいぶんはたらくもんだ。けれどもそんなに稼《かせ》ぐのも、やっぱり主人が偉いのだ。

「おい、お前は時計は要《い》らないか。」丸太で建てたその象小屋の前に来て、オツベルは琥珀のパイプをくわえ、顔をしかめてこうきいた。

「ぼくは時計は要らないよ。」象がわらって返事した。

「まあ持って見ろ、いいもんだ。」こう云いながらオツベルは、ブリキでこさえた大きな時計を、象の首からぶらさげた。

「なかなかいいね。」象も云う。

「鎖もなくちゃだめだろう。」オツベルときたら、百キロもある鎖をさ、その前肢《まえあし》にくっつけた。

「うん、なかなか鎖はいいね。」三あし歩いて象がいう。

「靴をはいたらどうだろう。」

「ぼくは靴などはかないよ。」

「まあはいてみろ、いいもんだ。」オツベルは顔をしかめながら、赤い張子《はりこ》の大きな靴を、象のうしろのかかとにはめた。

「なかなかいいね。」象も云う。

「靴に飾りをつけなくちゃ。」オツベルはもう大急ぎで、四百キロある分銅を靴の上から、はめ込んだ。

「うん、なかなかいいね。」象は二あし歩いてみて、さもうれしそうにそう云った。

次の日、ブリキの大きな時計と、やくざな紙の靴とはやぶけ、象は鎖と分銅だけで、大よろこびであるいておった。

（5）

「済まないが税金も高いから、今日はすこうし、川から水を汲《く》んでくれ。」オツベルは両手をうしろで組んで、顔をしかめて象に云う。

「ああ、ぼく水を汲んで来よう。もう何ばいでも汲んでやるよ。」

象は眼を細くしてよろこんで、そのひるすぎに五十だけ、川から水を汲んで来た。そして菜っ葉の畑にかけた。

夕方象は小屋に居て、十把《ぱ》の藁をたべながら、西の三日の月を見て、

「ああ、稼ぐのは愉快だねえ、さっぱりするねえ」と云っていた。

「済まないが税金がまたあがる。今日は少うし森から、たきぎを運んでくれ」オツベルは房のついた赤い帽子をかぶり、両手をかくしにつっ込んで、次の日象にそう云った。

「ああ、ぼくたきぎを持って来よう。いい天気だねえ。ぼくはぜんたい森へ行くのは大すきなんだ」象はわらってこう云った。

オツベルは少しぎょっとして、パイプを手からあぶなく落しそうにしたがもうあのときは、象がいかにも愉快なふうで、ゆっくりあるきだしたので、また安心してパイプをくわえ、小さな咳《せき》を一つして、百姓どもの仕事の方を見に行った。

そのひるすぎの半日に、象は九百把たきぎを運び、眼を細くしてよろこんだ。

晩方《ばんがた》象は小屋に居て、八把の藁をたべながら、西の四日の月を見て

「ああ、せいせいした。サンタマリア」とこうひとりごとしたそうだ。

その次の日だ、

「済まないが、税金が五倍になった、今日は少うし鍛冶場《かじば》へ行って、炭火を吹いてくれないか」

「ああ、吹いてやろう。本気でやったら、ぼく、もう、息で、石もなげとばせるよ」

オツベルはまたどきっとしたが、気を落ち付けてわらっていた。

象はのそのそ鍛冶場へ行って、べたんと肢を折って座り、ふいごの代りに半日炭を吹いたのだ。

その晩、象は象小屋で、七把の藁をたべながら、空の五日の月を見て

「ああ、つかれたな、うれしいな、サンタマリア」とこう云った。

どうだ、そうして次の日から、象は朝からかせぐのだ。藁も昨日はただ五把だ。よくまあ、五把の藁などで、あんな力がでるもんだ。

じっさい象はけいざいだよ。それというのもオツベルが、頭がよくてえらいためだ。オツベルときたら大したもんさ。

（6）

あの象を、オツベルはすこしひどくし過ぎた。しかたがだんだんひどくなったから、象がなかなか笑わなくなった。時には赤い竜の眼をして、じっとこんなにオツベルを見おろすようになってきた。

ある晩象は象小屋で、三把の藁をたべながら、十日の月を仰ぎ見て、

「苦しいです。サンタマリア。」と云ったということだ。

こいつを聞いたオツベルは、ことごと象につらくした。

（7）

ある晩、象は象小屋で、ふらふら倒れて地べたに座り、藁もたべずに、十一日の月を見て、

「もう、さようなら、サンタマリア。」とこう云った。

「おや、何だって？　さよならだ？」月がにわかに象にきく。

「ええ、さよならです。サンタマリア。」

「何だい、なりばかり大きくて、からっきし意気地のないやつだなあ。仲間へ手紙を書いたらいいや。」月がわらってこう云った。

「お筆も紙もありませんよう。」象は細ういきれいな声で、しくしくしくしく泣き出した。

「そら、これでしょう。」すぐ眼の前で、可愛い子どもの声がした。象が頭を上げて見ると、赤い着物の童子が立って、硯《すずり》と紙を捧《ささ》げていた。象は早速手紙を書いた。

「ぼくはずいぶん眼にあっている。みんなで出て来て助けてくれ。」

童子はすぐに手紙をもって、林の方へあるいて行った。

（8）

赤衣《せきい》の童子が、そうして山に着いたのは、ちょうどひるめしごろだった。このとき山の象どもは、沙羅樹《さらのき》の下のくらがりで、碁《ご》などをやっていたのだが、額をあつめてこれを見た。

「ぼくはずいぶん眼にあっている。みんなで出てきて助けてくれ。」

象は一せいに立ちあがり、まっ黒になって吠《ほ》えだした。

「オツベルをやっつけよう」議長の象が高く叫ぶと、

「おう、でかけよう。グララアガア、グララアガア。」みんながいちどに呼応する。

（9）

「おい、象のやつは小屋にいるのか。居る？　居る？　居るのか。よし、戸をしめろ。戸をしめるんだよ。早く象小屋の戸をしめるんだ。ようし、早く丸太を持って来い。とじこめちまえ、畜生めじたばたしやがるな、丸太をそこへしばりつけろ。何ができるもんか。わざと力を減らしてあるんだ。ようし、もう五六本持って来い。さあ、大丈夫だ。大丈夫だとも。あわてるなったら。おい、みんな、こんどは門だ。門をしめろ。かんぬきをかえ。つっぱり。つっぱり。そうだ。おい、みんな心配するなったら。しっかりしろよ。」

（10）

間もなく地面はぐらぐらとゆられ、そこらはばしゃばしゃくらくなり、象はやしきをとりまいた。グララアガア、グララアガア、その恐ろしいさわぎの中から、

「今助けるから安心しろよ。」やさしい声もきこえてくる。

「ありがとう。よく来てくれて、ほんとに僕はうれしいよ。」象小屋からも声がする。さあ、そうすると、まわりの象は、一そうひどく、グララアガア、グララアガア、塀《へい》のまわりをぐるぐる走っているらしく、度々中から、怒ってふりまわす鼻も見える。けれども塀はセメントで、中には鉄も入っているから、なかなか象もこわせない。塀の中にはオツベルが、たった一人で叫んでいる。百姓どもは眼もくらみ、そこらをうろうろするだけだ。そのうち外の象どもは、仲間のからだを台にして、いよいよ塀を越しかかる。だんだんにゅうと顔を出す。その皺《しわ》くちゃで灰いろの、大きな顔を見あげたとき、オツベルの犬は気絶した。さあ、オツベルは射《う》ちだした。六連発のピストルさ。ドーン、グララアガア、ドーン、グララアガア、ドーン、グララアガア、ところが弾丸《たま》は通らない。牙にあたればはねかえる。一匹なぞはこう云った。

「なかなかこいつはうるさいねえ。ぱちぱち顔へあたるんだ。」

オツベルはいつかどこかで、こんな文句をきいたようだと思いながら、ケースを帯からつめかえた。そのうち、象の片脚が、塀からこっちへはみ出した。それからも一つはみ出した。五匹の象が一ぺんに、塀からどっと落ちて来た。オツベルはケースを握ったまま、もうくしゃくしゃに潰《つぶ》れていた。早くも門があいていて、グララアガア、グララアガア、象がどしどしなだれ込む。

「牢《ろう》はどこだ。」みんなは小屋に押し寄せる。丸太なんぞは、マッチのようにへし折られ、あの白象は大へん瘠《や》せて小屋を出た。

「まあ、よかったねやせたねえ。」みんなはしずかにそばにより、鎖と銅をはずしてやった。

「ああ、ありがとう。ほんとにぼくは助かったよ。」白象はさびしくわらってそう云った。

Ⅲ

『なめとこ山の熊』

（生前未発表）

（1）

とにかくなめとこ山の熊の胆《い》は名高いものになっている。

腹の痛いのにもきけば傷もなおる。鉛の湯の入口になめとこ山の熊の胆ありという昔からの看板もかかっている。だからもう熊はなめとこ山で赤い舌をべろべろ吐いて谷をわたったり熊の子供らがすもうをとっておしまいぽかぽか撲りあったりしていることはたしかだ。熊捕りの名人の淵沢小十郎がそれを片っぱしから捕ったのだ。

淵沢小十郎はすがめの赤黒いごりごりしたおやじで胴は小さな臼ぐらいはあったし掌《てのひら》は北島の毘沙門《びしゃもん》さんの病気をなおすための手形ぐらい大きく厚かった。小十郎は夏なら菩提樹《まだ》の皮でこさえたけらを着てはんばきをはき生蕃《せいばん》の使うような山刀とポルトガル伝来というような大きな重い鉄砲をもってたくましい黄いろな犬をつれてなめとこ山からしどけ沢から三つ又からサッカイの山からマミ穴森から白沢からまるで縦横にあるいた。

（2）

小十郎は膝から上にまるで屛風《びょうぶ》のような白い波をたてながらコンパスのように足を抜き差しして口を少し曲げながらやって来る。そこであんまり一ぺんに云ってしまって悪いけれどもなめとこ山あたりの熊は小十郎をすきなのだ。その証拠には熊どもは小十郎がぼちゃぼちゃ谷をこいだり谷の岸の細い平らないっぱいにあざみなどの生えているとこを通るときはだまって高いとこから見送っているのだ。木の上から両手で枝にとりついたり崖の上で膝をかかえて座ったりしておもしろそうに小十郎を見送っているのだ。まったく熊どもは小十郎の犬さえすきなようだった。けれどもいくら熊どもだってすっかり小十郎とぶっつかって犬がまるで火のついたまりのようになって飛びつき小十郎が眼をまるで変に光らして鉄砲をこっちへ構えることはあんまりすきではなかった。そのときは大ていの熊は迷惑そうに手をふってそんなことをされるのを断わった。

（3）

けれども熊もいろいろだから気の烈しいやつならごうごう咆《ほ》えて立ちあがって、犬などはまるで踏みつぶしそうにしながら小十郎の方へ両手を出してかかって行く。小十郎はぴったり落ち着いて樹をたてにして立ちながら熊の月の輪をめがけてズドンとやるのだった。すると森までががあっと叫んで熊はどたっと倒れ赤黒い血をどくどく吐き鼻をくんくん鳴らして死んでしまうのだった。小十郎は鉄砲を木へたてかけて注意深くそばへ寄って来てこう云うのだった。

「熊。おれはてまえを憎くて殺したのでねえんだぞ。おれも商売ならてめえも射たなけぁならねえ。ほかの罪のねえ仕事していんだが畑はなし木はお上のものにきまったし里へ出ても誰《たれ》も相手にしねえ。仕方なしに猟師なんぞしるんだ。てめえも熊に生れたが因果ならおれもこんな商売が因果だ。やい。この次には熊なんぞに生れなよ。」

そのときは犬もすっかりしょげかえって眼を細くして座っていた。

何せこの犬ばかりは小十郎が四十の夏うち中みんな赤痢《せきり》にかかってとうとう小十郎の息子とその妻も死んだ中にぴんぴんして生きていたのだ。

それから小十郎はふところからとぎすまされた小刀を出して熊の顎のとこから胸から腹へかけて皮をすうっと裂いていくのだった。それからあとの景色は僕は大きらいだ。けれどもとにかくおしまい小十郎がまっ赤な熊の胆《い》をせなかの木のひつに入れて血で毛がぼとぼと房になった毛皮を谷であらってくるくるまるめせなかにしょって自分もぐんなりした風で谷を下って行くことだけはたしかなのだ。

（４）

小十郎はもう熊のことばだってわかるような気がした。ある年の春はやく山の木がまだ一本も青くならないころ小十郎は犬を連れて白沢をずうっとのぼった。夕方になって小十郎はばっかい沢へこえる峯になった処《ところ》へ去年の夏こさえた笹小屋へ泊ろうと思ってそこへのぼって行った。そしたらどう云う加減か小十郎の柄にもなく登り口をまちがってしまった。

なんべんも谷へ降りてまた登り直して犬もへとへとにつかれ小十郎も口を横にまげて息をしながら半分くずれかかった去年の小屋を見つけた。小十郎がすぐ下に湧水《わきみず》のあったのを思い出して少し山を降りかけたらおどろいたことは母親とやっと一歳になるかならないような子熊と二匹ちょうど人が額に手をあてて遠くを眺めるといったふうに淡い六日の月光の中を向うの谷をしげしげ見つめているのにあった。小十郎はまるでその二匹の熊のからだから後光が射すように思えてまるで釘付けになったように立ちどまってそっちを見つめていた。すると小熊が甘えるように云ったのだ。

「どうしても雪だよ、おっかさん谷のこっち側だけ白くなっているんだもの。どうしても雪だよ。おっかさん。」

するとの母親の熊はまだしげしげ見つめていたがやっと云った。

「雪でないよ、あすこへだけ降るはずがないんだもの。」

子熊はまた云った。

「だから溶けないで残ったのでしょう。」

「いいえ、おっかさんはあざみの芽を見に昨日あすこを通ったばかりです。」

小十郎もじっとそっちを見た。

月の光が青じろく山の斜面を滑っていた。そこがちょうど銀の鎧《よろい》のように光っているのだった。しばらくたって子熊が云った。

「雪でなけぁ霜だねえ。きっとそうだ。」

ほんとうに今夜は霜が降るぞ、お月さまの近くで胃《コキエ》もあんなに青くふるえているし第一お月さまのいろだってまるで氷のようだ、小十郎がひとりで思った。

「おかあさまはわかったよ、あれねえ、ひきざくらの花。」

「なぁんだ、ひきざくらの花だい。僕知ってるよ。」

「いいえ、お前まだ見たことありません。」

「知ってるよ、僕この前とって来たもの。」

「いいえ、あれひきざくらでありません、お前とって来たのきささげの花でしょう。」

「そうだろうか。」子熊はとぼけたように答えました。小十郎はなぜかもう胸がいっぱいになってもう一ぺん向うの谷の白い雪のような花と余念なく月光をあびて立っている母子の熊をちらっと見てそれから音をたてないようにこっそりこっそり戻りはじめた。風があっちへ行くな行くなと思いながらそろそろと小十郎はあとずさりした。くろもじの木の匂《におい》が月のあかりといっしょにすぅっとさした。

（5）

ところがこの豪儀な小十郎がまちへ熊の皮と胆《きも》を売りに行くときのみじめさといったら全く気の毒だった。

町の中ほどに大きな荒物屋があってざるだの砂糖だの砥石《といし》だの金天狗《きんてんぐ》やカメレオン印の煙草《たばこ》だのそれからガラスの蠅《はえ》とりまでならべていたのだ。小十郎が山のように毛皮をしょってそこのしきいを一足またぐと店では又来たかというようにうすわらっているのだった。店の次の間に大きな唐金《からかね》の火鉢《ひばち》を出して主人がどっかり座っていた。

「旦那さん、先《せん》ころはどうもありがどうごあんした。」

あの山では主のような小十郎は毛皮の荷物を横におろしてていねいに敷板に手をついて云うのだった。

「はあ、どうも、今日は何のご用です。」

「熊の皮また少し持って来たます。」

「熊の皮か。この前のもまだあのまましまってあるし今日あまんついいます。」

「旦那さん、そう言わないでどうか買ってくんなさい。安くてもいいます。」

「なんぼ安くても要らないます。」主人は落ち着きはらってきせるをたんたんとてのひらへたたくのだ、あの豪気な山の中の主の小十郎はこう云われるたびにもうまるで心配そうに顔をしかめた。何せ小十郎のとこでは山には栗《くり》があったしうしろのまるで少しの畑からは稗《ひえ》がとれるのではあったが米などは少しもできず味噌《みそ》もなかったから九十になるとしよりと子供ばかりの七人家内にもって行く米はごくわずかずつでも要ったのだ。

里の方のものなら麻もつくったけれども、小十郎のとこではわずか藤つるで編む入れ物の外に布にするようなものはなんにも出来なかったのだ。小十郎はしばらくたってからまるでしわがれたような声で云ったもんだ。

「旦那さん、お願だます。どうが何ぼでもいいはんて買ってくなぃ。」小十郎はそう云いながら改めておじぎさえしたもんだ。

主人はだまってしばらくけむりを吐いてから顔の少しでにかにか笑うのをそっとかくして云ったもんだ。

「いいます。置いでお出れ。じゃ、平助、小十郎さんさ二円あげろじゃ。」

店の平助が大きな銀貨を四枚小十郎の前へ座って出した。小十郎はそれを押しいただくようにしてにかにかしながら受け取った。それから主人はこんどはだんだん機嫌がよくなる。

「じゃ、おきの、小十郎さんさ一杯あげろ。」

小十郎はこのころはもううれしくてわくわくしている。主人はゆっくりいろいろはなす。小十郎はかしこまって山のもようや何か申しあげている。間もなく台所の方からお膳できたと知らせる。小十郎は半分辞退するけれども結局台所のとこへ引っぱられてってまた丁寧なあいさつをしている。

間もなく塩引の鮭の刺身やいかの切り込みなどと酒が一本黒い小さな膳にのって来る。

小十郎はちゃんとかしこまってそこへ腰掛けていかの切り込みを手の甲にのせてべろりとなめたりうやうやしく黄いろな酒を小さな猪口《ちょこ》についだりしている。

（6）

いくら物価の安いときだって熊の毛皮二枚で二円はあんまり安いと誰《たれ》でも思う。実に安いしあんまり安いことは小十郎でも知っている。けれどもどうして小十郎はそんな町の荒物屋なんかへでなしにほかの人へどしどし売れないか。それはなぜか大ていの人にはわからない。けれども日本では狐《きつね》けんというものもあって狐は猟師に負け猟師は旦那に負けるときまっている。ここでは熊は小十郎にやられ小十郎が旦那にやられる。旦那は町のみんなの中にいるからなかなか熊に食われない。けれどもこんないやなずるいやつらは世界がだんだん進歩するとひとりで消えてなくなっていく。僕はしばらくの間でもあんな立派な小十郎が二度とつらも見たくないようないやなやつにうまくやられることを書いたのが実にしゃくにさわってたまらない。

（7）

小十郎が谷をばちゃばちゃわたって一つの岩にのぼったらいきなりすぐ前の木に大きな熊が猫のようにせなかを円《まる》くしてよじ登っているのを見た。小十郎はすぐ鉄砲をつきつけた。犬はもう大よろこびで木の下に行って木のまわりをはげしく馳《は》せめぐった。

すると樹の上の熊はしばらくの間おりて小十郎に飛びかかろうかそのままうたれてやろうか思案しているらしかったがいきなり両手を樹からはなしてどたりと落ちて来たのだ。小十郎は油断なく銃を構えて打つばかりにして近寄って行ったら熊は両手をあげて叫んだ。

「おまえは何がほしくておれを殺すんだ。」

「ああ、おれはお前の毛皮と、胆《きも》のほかにはなんにもいらない。それも町へ持って行ってひどく高く売れるというのではないしほんとうに気の毒だけれどもやっぱり仕方ない。けれどもお前に今ごろそんなことを言われるともうおれなどは何か栗かしだのみでも食っていてそれで死ぬならおれも死んでもいいような気がするよ。」

「もう二年ばかり待ってくれ、おれも死ぬのはもうかまわないようなもんだけれども少し残した仕事もあるしただ二年だけ待ってくれ。二年目にはおれもおまえの家の前でちゃんと死んでいてやるから。毛皮も胃袋もやってしまうから。」

小十郎は変な気がしてじっと考えて立ってしまいました。熊はそのひまに足うらを全体地面につけてごくゆっくりと歩き出した。小十郎はやっぱりぼんやり立っていた。熊はもう小十郎がいきなりうしろから鉄砲をうったり決してしないことがよくわかってるというふうでうしろも見ないでゆっくりゆっくり歩いて行った。そしてその広い赤黒いせなかが木の枝の間から落ちた日光にちらっと光ったとき小十郎は、う、うとせつなそうになって谷をわたって帰りはじめた。それからちょうど二年目だったがある朝小十郎があんまり風がはげしくて木もかきねも倒れたろうと思って外へ出たらひのきのかきねはいつものようにかわりなくその下のところに始終見たことのある赤黒いものが横になっているのでした。ちょうど二年目だしあの熊がやって来るかと少し心配するようにしていたときでしたから小十郎はどきっとしてしまいました。そばに寄って見ましたらちゃんとあのこの前の熊が口からいっぱいに血を吐いて倒れていた。小十郎は思わず拝むようにした。

（8）

小十郎がその頂上でやすんでいたときだ。いきなり犬が火のついたように咆《ほ》え出した。小十郎がびっくりしてうしろを見たらあの夏に眼をつけておいた大きな熊が両足で立ってこっちへかかって来たのだ。

小十郎は落ちついて足をふんばって鉄砲を構えた。熊は棒のような両手をびっこにあげてまっすぐに走って来た。さすがの小十郎もちょっと顔いろを変えた。

ぴしゃというように鉄砲の音が小十郎に聞えた。ところが熊は少しも倒れないで嵐のように黒くゆらいでやって来たようだった。犬がその足もとに噛み付いた。と思うと小十郎はがあんと頭が鳴ってまわりがいちめんまっ青になった。それから遠くでこう云うことばを聞いた。

「おお小十郎おまえを殺すつもりはなかった。」

もうおれは死んだと小十郎は思った。そしてちらちらちらちら青い星のような光がそこらいちめんに見えた。

「これが死んだしるしだ。死ぬとき見る火だ。熊ども、ゆるせよ。」と小十郎は思った。それからあとの小十郎の心持はもう私にはわからない。

とにかくそれから三日目の晩だった。まるで氷の玉のような月がそらにかかっていた。雪は青白く明るく水は燐光《りんこう》をあげた。すばるや参《しん》の星が緑や橙《だいだい》にちらちらして呼吸をするように見えた。

その栗の木と白い雪の峯々にかこまれた山の上の平らに黒い大きなものがたくさん環《わ》になって集って各々黒い影を置き回々教徒《フイフイ》の祈るときのようにじっと雪にひれふしたまま いつまでもいつまでも動かなかった。そしてその雪と月のあかりで見るといちばん高いところに小十郎の死骸《しがい》が半分座ったようになって置かれていた。

思いなしかその死んで凍えてしまった小十郎の顔はまるで生きてるときのように冴え冴えして何か笑っているようにさえ見えたのだ。ほんとうにそれらの大きな黒いものは参の星が天のまん中に来てももっと西へ傾いてもじっと化石したようにうごかなかった。

Ⅳ

『よだかの星』

（生前未発表）

よだかは、実にみにくい鳥です。

顔は、ところどころ、味噌《みそ》をつけたようにまだらで、くちばしは、ひらたくて、耳までさけています。

足は、まるでよぼよぼで、一間《いっけん》とも歩けません。

ほかの鳥は、もう、よだかの顔を見ただけでも、いやになってしまうという工合《ぐあい》でした。

たとえば、ひばりも、あまり美しい鳥ではありませんが、よだかよりは、ずっと上だと思っていましたので、夕方など、よだかにあうと、さもさもいやそうに、しんねりと目をつぶりながら、首をそっぽへ向けるのでした。もっとちいさなおしゃべりの鳥などは、いつでもよだかのまっこうから悪口をしました。

「ヘン。また出て来たね。まあ、あのざまをごらん。ほんとうに、鳥の仲間のつらよごしだよ。」

「ね、まあ、あのくちのおおきいことさ。きっと、かえるの親類か何かなんだよ。」

こんな調子です。おお、よだかでないただのたかならば、こんな生《なま》はんかのちいさい鳥は、もう名前を聞いただけでも、ぶるぶるふるえて、顔色を変えて、からだをちぢめて、木の葉のかげにでもかくれたでしょう。ところが夜だかは、ほんとうは鷹《たか》の兄弟でも親類でもありませんでした。かえって、よだかは、あの美しいかわせみや、鳥の中の宝石のような蜂《はち》すずめの兄さんでした。蜂すずめは花の蜜をたべ、かわせみはお魚を食べ、夜だかは羽虫をとってたべるのでした。それによだかには、するどい爪《つめ》もするどいくちばしもありませんでしたから、どんなに弱い鳥でも、よだかをこわがるはずはなかったのです。

それなら、たかという名のついたことは不思議なようですが、これは、一つはよだかのはねが無暗《むやみ》に強くて、風を切って翔《か》けるときなどは、まるで鷹のように見えたことと、も一つはなきごえがするどくて、やはりどこか鷹に似ていたためです。もちろん、鷹は、これをひじょうに気にかけて、いやがっていました。それですから、よだかの顔さえ見ると、肩をいからせて、早く名前をあらためろ、名前をあらためろと、いうのでした。

ある夕方、とうとう、鷹がよだかのうちへやって参りました。

「おい。居るかい。まだお前は名前をかえないのか。ずいぶんお前も恥知らずだな。お前とおれでは、よっぽど人格がちがうんだよ。たとえばおれは、青いそらをどこまででも飛んで行く。おまえは、曇ってうすぐらい日か、夜でなくちゃ、出て来ない。それから、おれのくちばしやつめを見ろ。そして、よくお前のとくらべて見るがいい。」

「鷹さん。それはあんまり無理です。私の名前は私が勝手につけたのではありません。神さまから下さったのです。」

「いいや。おれの名なら、神さまから貰《もら》ったのだと云ってもよかろうが、お前のは、云わば、おれと夜と、両方から借りてあるんだ。さあ返せ。」

「鷹さん。それは無理です。」

「無理じゃない。おれがいい名を教えてやろう。市蔵《いちぞう》というんだ。市蔵とな。いい名だろう。そこで、名前を変えるには、改名の披露《ひろう》というものをしないといけない。いいか。それはな、首へ市蔵と書いたふだをぶらさげて、私は以来市蔵と申しますと、口上を云って、みんなの所をおじぎしてまわるのだ。」

「そんなことはとても出来ません。」

「いいや。出来る。そうしろ。もしあさっての朝までに、お前がそうしなかったら、もうすぐ、つかみ殺すぞ。つかみ殺してしまうから、そう思え。おれはあさっての朝早く、鳥のうちを一軒ずつまわって、お前が来たかどうかを聞いてあるく。一軒でも来なかったという家があったら、もう貴様もその時がおしまいだぞ。」

「だってそれはあんまり無理じゃありませんか。そんなことをする位なら、私はもう死んだ方がましです。今すぐ殺して下さい。」

「まあ、よく、あとで考えてごらん。市蔵なんてそんなにわるい名じゃないよ。」鷹は大きなはねを一杯にひろげて、自分の巣の方へ飛んで帰って行きました。

よだかは、じっと目をつぶって考えました。

（一たい僕は、なぜこうみんなにいやがられるのだろう。僕の顔は、味噌をつけたようで、口は裂けてるからなあ。それだって、僕は今まで、なんにも悪いことをしたことがない。赤ん坊のめじろが巣から落ちていたときは、助けて巣へ連れて行ってやった。そしたらめじろは、赤ん坊をまるでぬす人からでもとりかえすように僕からひきはなしたんだなあ。それからひどく僕を笑ったっけ。それにああ、今度は市蔵だなんて、首へふだをかけるなんて、つらいはなしだなあ。）

あたりは、もううすくらくなっていました。夜だかは巣から飛び出しました。雲が意地悪く光って、低くたれています。夜だかはまるで雲とすれすれになって、音なく空を飛びまわりました。

それからにわかによだかは口を大きくひらいて、はねをまっすぐに張って、まるで矢のようにそらをよこぎりました。小さな羽虫が幾匹《いくひき》も幾匹もその咽喉《のど》にはいりました。

からだがつちにつくかつかないうちに、よだかはひらりとまたそらへはねあがりました。もう雲は鼠《ねずみ》色になり、向うの山には山焼けの火がまっ赤です。

夜だかが思い切って飛ぶときは、そらがまるで二つに切れたように思われます。一匹の甲虫《かぶとむし》が、夜だかの咽喉にはいって、ひどくもがきました。よだかはすぐそれを呑みこみましたが、その時何だかせなかがぞっとしたように思いました。

雲はもうまっくろく、東の方だけ山やけの火が赤くうつって、恐ろしいようです。よだかはむねがつかえたように思いながら、またそらへのぼりました。

また一匹の甲虫が、夜だかののどに、はいりました。そしてまるでよだかの咽喉をひっかいてばたばたしました。よだかはそれを無理にのみこんでしまいましたが、その時、急に胸がどきっとして、夜だかは大声をあげて泣き出しました。泣きながらぐるぐるぐるぐる空をめぐったのです。

（ああ、かぶとむしや、たくさんの羽虫が、毎晩僕に殺される。そしてそのただ一つの僕がこんどは鷹に殺される。それがこんなにつらいのだ。ああ、つらい、つらい。僕はもう虫をたべないで餓《う》えて死のう。いやその前にもう鷹が僕を殺すだろう。いや、その前に、僕は遠くの遠くの空の向うに行ってしまおう。）

山焼けの火は、だんだん水のように流れてひろがり、雲も赤く燃えているようです。

よだかはまっすぐに、弟の川せみの所へ飛んで行きました。きれいな川せみも、丁度起きて遠くの山火事を見ていた所でした。そしてよだかの降りて来たのを見て云いました。

「兄さん。今晩は。何か急のご用ですか。」

「いいや、僕は今度遠い所へ行くからね、その前一寸《ちょっと》お前に遭《あ》いに来たよ。」

「兄さん。行っちゃいけませんよ。蜂雀《はちすずめ》もあんな遠くにいるんですし、僕ひとりぼっちになってしまうじゃありませんか。」

「それはね。どうも仕方ないのだ。もう今日は何も云わないでくれ。そしてお前もね、どうしてもとらなければならない時のほかはいたずらにお魚を取ったりしないようにしてくれ。ね、さよなら。」

「兄さん。どうしたんです。まあもう一寸お待ちなさい。」

「いや、いつまで居てもおんなじだ。はちすずめへ、あとでよろしく云ってやってくれ。さよなら。もうあわないよ。さよなら。」

よだかは泣きながら自分のお家《うち》へ帰って参りました。みじかい夏の夜はもうあけかかっていました。

羊歯《しだ》の葉は、よあけの霧《きり》を吸って、青くつめたくゆれました。よだかは高くきしきしきしと鳴きました。そして巣の中をきちんとかたづけ、きれいにからだ中のはねや毛をそろえて、また巣から飛び出しました。

霧がはれて、お日さまが丁度東からのぼりました。夜だかはぐらぐらするほどまぶしいのをこらえて、矢のように、そっちへ飛んで行きました。

「お日さん、お日さん。どうぞ私をあなたの所へ連れてって下さい。灼《や》けて死んでもかまいません。私のようなみにくいからだでも灼けるときには小さなひかりを出すでしょう。どうか私を連れてって下さい。」

行っても行っても、お日さまは近くなりませんでした。かえってだんだん小さく遠くなりながらお日さまが云いました。

「お前はよだかだな。なるほど、ずいぶんつらかろう。今度そらを飛んで、星にそうたのんでごらん。お前はひるの鳥ではないのだからな。」

夜だかはおじぎを一つしたと思いましたが、急にぐらぐらしてとうとう野原の草の上に落ちてしまいました。そしてまるで夢を見ているようでした。からだがずうっと赤や黄の星のあいだをのぼって行ったり、どこまでも風に飛ばされたり、また鷹が来てからだをつかんだりしたようでした。

つめたいものがにわかに顔に落ちました。よだかは眼をひらきました。一本の若いすすきの葉から露がしたたったのでした。もうすっかり夜になって、空は青ぐろく、一面の星がまたたいていました。よだかはそらへ飛びあがりました。今夜も山やけの火はまっかです。よだかはその火のかすかな照りと、つめたいほしあかりの中をとびめぐりました。それからもう一ぺん飛びめぐりました。そして思い切って西のそらのあの美しいオリオンの星の方に、まっすぐに飛びながら叫びました。

「お星さん。西の青じろいお星さん。どうか私をあなたのところへ連れてって下さい。灼けて死んでもかまいません。」

オリオンは勇ましい歌をつづけながらよだかなどはてんで相手にしませんでした。よだかは泣きそうになって、よろよろと落ちて、それからやっとふみとまって、もう一ぺんとびめぐりました。それから、南の大犬座の方へまっすぐに飛びながら叫びました。

「お星さん。南の青いお星さん。どうか私をあなたの所へつれてって下さい。やけて死んでもかまいません。」

大犬は青や紫や黄やうつくしくせわしくまたたきながら云いました。

「馬鹿を云うな。おまえなんか一体どんなものだい。たかが鳥じゃないか。おまえのはねでここまで来るには、億年兆年億兆年だ。」そしてまた別の方を向きました。

よだかはがっかりして、よろよろ落ちて、それからまた二へん飛びめぐりました。それからまた思い切って北の大《おお》熊星《ぐまぼし》の方へまっすぐに飛びながら叫びました。

「北の青いお星さま、あなたの所へどうか私を連れてって下さい。」

大熊星はしずかに云いました。

「余計なことを考えるものではない。少し頭をひやして来なさい。そう云うときは、氷山の浮いている海の中へ飛び込むか、近くに海がなかったら、氷をうかべたコップの水の中へ飛び込むのが一等だ。」

よだかはがっかりして、よろよろ落ちて、それからまた、四へんそらをめぐりました。そしてもう一度、東から今のぼった天の川の向う岸の鷲の星に叫びました。

「東の白いお星さま、どうか私をあなたの所へ連れてって下さい。やけて死んでもかまいません。」

鷲は大風《おおふう》に云いました。

「いいや、とてもとても、話にも何にもならん。星になるには、それ相応の身分でなくちゃいかん。またよほど金もいるのだ。」

よだかはもうすっかり力を落してしまって、はねを閉じて、地に落ちて行きました。そしてもう一尺で地面にその弱い足がつくというとき、よだかは俄《にわ》かにのろしのようにそらへとびあがりました。そらのなかほどへ来て、よだかはまるで鷲が熊を襲うときするように、ぶるっとからだをゆすって毛をさかだてました。

それからキシキシキシキシキシッと高く高く叫びました。その声はまるで鷹でした。野原や林にねむっていたほかのとりは、みんな目をさまして、ぶるぶるふるえながら、いぶかしそうにほしぞらを見あげました。

夜だかは、どこまでも、どこまでも、まっすぐに空へのぼって行きました。もう山焼けの火はたばこの吸殻《すいがら》のくらいにしか見えません。よだかはのぼってのぼって行きました。

寒さにいきはむねに白く凍りました。空気がうすくなったために、はねをそれはそれはせわしくうごかさなければなりませんでした。

それだのに、ほしの大きさは、さっきと少しも変りません。つくいきはふいごのようです。寒さや霜《しも》がまるで剣のようによだかを刺しました。よだかははねがすっかりしびれてしまいました。そしてなみだぐんだ目をあげてもう一ぺんそらを見ました。そうです。これがよだかの最後でした。もうよだかは落ちているのか、のぼっているのか、さかさになっているのか、上を向いているのかも、わかりませんでした。ただこころもちはやすらかに、その血のついた大きなくちばしは、横にまがっては居ましたが、たしかに少しわらっておりました。

それからしばらくたってよだかははっきりまなこをひらきました。そして自分のからだがいま燐《りん》の火のような青い美しい光になって、しずかに燃えているのを見ました。

すぐとなりは、カシオピア座でした。天の川の青じろいひかりが、すぐうしろになっていました。

そしてよだかの星は燃えつづけました。いつまでもいつまでも燃えつづけました。

今でもまだ燃えています。

V

『グスコーブドリの伝記』

（『児童文学』第二号　昭和七年三月）

（1）

グスコーブドリは、イーハトーヴの大きな森のなかに生れました。お父さんは、グスコーナドリという名高い木樵《きこ》りで、どんな巨《おお》きな木でも、まるで赤ん坊を寝かしつけるように訳《わけ》なく切ってしまう人でした。

ブドリにはネリという妹があって、二人は毎日森で遊びました。ごしっごしっとお父さんの樹《き》を鋸《ひ》く音が、やっと聴《きこ》えるくらいな遠くへも行きました。二人はそこで木苺《いちご》の実をとって湧《わき》水に漬《つ》けたり、空を向いてかわるがわる山鳩の鳴くまねをしたりしました。するとあちらでもこちらでも、ぽう、ぽう、と鳥が睡《ねむ》そうに鳴き出すのでした。

お母さんが、家《うち》の前の小さな畑に麦を播《ま》いているときは、二人はみちにむしろをしいて座って、ブリキ缶で蘭の花を煮たりしました。するとこんどは、もういろいろの鳥が、二人のぱさぱさした頭の上を、まるで挨拶《あいさつ》するように鳴きながらざあざあざあざあ通りすぎるのでした。

ブドリが学校へ行くようになりますと、森はひるの間たいへんさびしくなりました。そのかわりひるすぎには、ブドリはネリといっしょに、森じゅうの樹の幹に、赤い粘土や消し炭で、樹の名を書いてあるいたり、高く歌ったりしました。

ホップの蔓《つる》が、両方からのびて、門のようになっている白樺の木には、

「カッコウドリ、トホルベカラズ」と書いたりもしました。

（2）

そして、ブドリは十になり、ネリは七つになりました。ところがどういうわけですか、その年は、お日さまが春から変に白くて、いつもなら雪がとけると間もなく、まっしろな花をつけるこぶしの樹もまるで咲かず、五月になって

もたびたび霙《みぞれ》がぐしゃぐしゃ降り、七月の末になっても一向に暑さが来ないために、去年播《ま》いた麦も粒の入らない白い穂しかできず、大抵《たいてい》の果物も、花が咲いただけで落ちてしまったのでした。

そしてとうとう秋になりましたが、やっぱり栗の木は青いからのいがばかりでしたし、みんなでふだんたべるいちばん大切なオリザという穀物も、一つぶもできませんでした。野原ではもうひどいさわぎになってしまいました。

ブドリのお父さんもお母さんも、たびたび薪《たきぎ》を野原の方へ持って行ったり、冬になってからは何べんも巨きな樹を町へそりで運んだりしたのでしたが、いつもがっかりしたようにして、わずかの麦の粉《こ》などもって帰ってくるのでした。それでもどうにかその冬は過ぎて次の春になり、畑には大切にしまっておいた種子《たね》も播《ま》かれましたが、その年もまたすっかり前の年のとおりでした。そして秋になると、とうとうほんとうの饑饉《ききん》になってしまいました。

（3）

「おれは森へ行って遊んでくるぞ」と云いながら、よろよろ家を出て行きましたが、まっくらになっても帰って来ませんでした。二人がお母さんに、お父さんはどうしたろうときいても、お母さんはだまって二人の顔を見ているばかりでした。

次の日の晩方になって、森がもう黒く見えるころ、お母さんはにわかに立って、炉に榾《ほだ》をたくさんくべて家じゅうすっかり明るくしました。それから、わたしはお父さんをさがしに行くから、お前たちはうちにいてあの戸棚にある粉を二人ですこしずつたべなさいと言って、やっぱりよろよろ家《うち》を出て行きました。

（4）

「おい、みんな、もうだめだぞ。噴火だ。噴火がはじまったんだ。てぐすはみんな灰をかぶって死んでしまった。みんな早く引き揚げてくれ。おい、ブドリ、お前ここにいたかったらいてもいいが、こんどはたべ物は置いてやらないぞ。それにここにいても危いからな。お前も野原へ出て何か稼《かせ》ぐほうがいいぜ。」そう云ったかと思うと、もうどんどん走って行ってしまいました。ブドリが工場へ行って見たときは、もう誰もおりませんでした。そこでブドリは、しょんぼりとみんなの足跡のついた白い灰をふんで野原の方へ出て行きました。

（5）

植え付けのころからさっぱり雨が降らなかったために、水路は乾いてしまい、沼にはひびが入って、秋のとりいれはやっと冬じゅう食べるくらいでした。来年こそと思っていましたが次の年もまた同じようなひでりでした。それからも、来年こそ来年こそと思いながら、ブドリの主人は、だんだんこやしを入れることができなくなり、馬も売り、沼ばたけもだんだん売ってしまったのでした。

ある秋の日、主人はブドリにつらそうに云いました。

「ブドリ、おれももとはイーハトーヴの大百姓だったし、ずいぶん稼いでもきたのだが、たびたびの寒さと旱魃《かんばつ》のために、いまでは沼ばたけも昔の三分一になってしまったし、来年は、もう入れるこやしもないのだ。おれだけでない、来年こやしを買って入れれる人ったらもうイーハトーヴにも何人もないだろう。こういうあんばいでは、いつになっておまえにはたらいてもらった礼をするというあてもない。おまえも若いはたらき盛りを、おれのとこで暮してしまってはあんまり気の毒だから、済まないがどうかこれを持って、どこへでも行っていい運を見つけてくれ。」そして主人は、一ふくろのお金と新しい紺で染めた麻の服と赤皮の靴とをブドリにくれました。ブドリはいままでの仕事のひどかったことも忘れてしまって、もう何もいらないから、ここで働いていたいとも思いましたが、考えてみると、いてもやっぱり仕事もそんなにないので、主人に何べんも何べんも礼を云って、六年の間はたらいた沼ばたけと主人に別れて停車場をさして歩きだしました。

（６）

それから四年の間に、クーボー大博士の計画どおり、潮汐《ちょうせき》発電所は、イーハトーヴの海岸に沿って、二百も配置されました。イーハトーヴをめぐる火山には、観測小屋といっしょに、白く塗られた鉄の櫓《やぐら》が順々に建ちました。ブドリは技師心得になって、一年の大部分は火山から火山と回ってあるいたり、危くなった火山を工作したりしていました。

次の年の春、イーハトーヴの火山局では、次のようなポスターを村や町へ張りました。


「窒素肥料を降らせます。

今年の夏、雨といっしょに、硝酸アムモニヤをみなさんの沼ばたけや蔬菜《そさい》ばたけに降らせますから、肥料を使う方は、その分を入れて計算してください。分量は百メートル四方につき百二十キログラムです。

雨もすこしは降らせます。

旱魃の際には、とにかく作物の枯れないぐらいの雨は降らせることができますから、いままで水が来なくなって作付しなかった沼ばたけも、今年は心配せずに植え付けてください。」

（7）

ブドリはぼたんを押しました。見る見るさっきのけむりの網は、美しい桃いろや青や紫に、パッパッと目もさめるようにかがやきながら、点《つ》いたり消えたりしました。ブドリはまるでうっとりとしてそれに見とれました。そのうちにだんだん日は暮れて、雲の海もあかりが消えたときは、灰いろか鼠《ねずみ》いろかわからないようになりました。

受話器が鳴りました。

「硝酸アムモニヤはもう雨の中へでてきている。量もこれぐらいならちょうどいい。移動のぐあいもいいらしい。あと四時間やれば、もうこの地方は今月中はたくさんだろう。つづけてやってくれたまえ。」

ブドリはもううれしくってはね上がりたいくらいでした。この雲の下で昔の赤鬚《ひげ》の主人もとなりの石油がこやしになるかと云った人も、みんなよろこんで雨の音を聞いている。そしてあすの朝は、見違えるように緑いろになったオリザの株を手で撫《な》でたりするだろう。まるで夢のようだと思いながら、雲のまっくらになったり、また美しく輝いたりするのを眺《なが》めておりました。

（8）

ところが六月もはじめになって、まだ黄いろなオリザの苗や、芽を出さない木を見ますと、ブドリはもういても立ってもいられませんでした。このままで過ぎるなら、森にも野原にも、ちょうどあの年のブドリの家族のようになる人がたくさんできるのです。ブドリはまるで物も食べずに幾晩も幾晩も考えました。ある晩ブドリは、クーボー大博士のうちを訪ねました。

「先生、気層のなかに炭酸ガスが増えて来れば暖かくなるのですか。」

「それはなるだろう。地球ができてからいままでの気温は、大抵空気中の炭酸ガスの量できまっていたと云われる位だからね。」

「カルボナード火山島が、いま爆発したら、この気候を変えるくらいの炭酸ガスを噴《ふ》くでしょうか。」

「それは僕も計算した。あれがいま爆発すれば、ガスはすぐ大循環の上層の風にまじって地球ぜんたいを包むだろう。そして下層の空気や地表からの熱の放散を防ぎ、地球全体を平均で五度ぐらい温《あたたか》にするだろうと思う。」

「先生、あれを今すぐ噴かせられないでしょうか。」

「それはできるだろう。けれども、その仕事に行ったもののうち、最後の一人はどうしても逃げられないのでね。」

「先生、私にそれをやらしてください。どうか先生からペンネン先生へお許しの出るようお詞《ことば》をください。」

(9)

それから三日の後、火山局の船が、カルボナード島へ急いで行きました。そこへいくつものやぐらは建ち、電線は連結されました。

すっかり仕度《したく》ができると、ブドリはみんなを船で帰してしまって、じぶんは一人島に残りました。

そしてその次の日、イーハトーヴの人たちは、青ぞらが緑いろに濁《にご》り、日や月が銅《あかがね》いろになったのを見ました。

けれどもそれから三四日たちますと、気候はぐんぐん暖くなってきて、その秋はほぼ普通の作柄になりました。そしてちょうど、このお話のはじまりのようになるはずの、たくさんのブドリのお父さんやお母さんは、たくさんのブドリやネリといっしょに、その冬を暖かいたべものと、明るい薪《たきぎ》で楽しく暮らすことができたのでした。

【参考】「雨ニモマケズ」

雨ニモマケズ
風ニモマケズ
雪ニモ夏ノ暑サニモマケヌ
丈夫ナカラダヲモチ
慾ハナク
決シテ瞋《いか》ラズ
イツモシヅカニワラッテヰル
一日ニ玄米四合ト
味噌ト少シノ野菜ヲタベ
アラユルコトヲ
ジブンヲカンジョウニ入レズニ
ヨクミキキシワカリ
ソシテワスレズ
野原ノ松ノ林ノ蔭ノ
小サナ萱ブキノ小屋ニヰテ
東ニ病気ノコドモアレバ
行ッテ看病シテヤリ

西ニツカレタ母アレバ
行ッテソノ稲ノ束ヲ負ヒ
南ニ死ニサウナ人アレバ
行ッテコハガラナクテモイヽトイヒ
北ニケンクヮヤソショウガアレバ
ツマラナイカラヤメロトイヒ
ヒドリノトキハナミダヲナガシ
サムサノナツハオロオロアルキ
ミンナニデクノボートヨバレ
ホメラレモセズ
クニモサレズ
サウイフモノニ
ワタシハナリタイ

南無無辺行菩薩
南無上行菩薩
南無多宝如来
南無妙法蓮華経

南無釈迦牟尼仏
南無浄行菩薩
南無安立行菩薩

Ⅵ

『銀河鉄道の夜』（生前未発表）

（1）

「ではみなさんは、そういうふうに川だと云われたり、乳の流れたあとだと云われたりしていた、このぼんやりと白いものがほんとうは何かご承知ですか。」先生は、黒板につるした大きな黒い星座の図の、上から下へ白くけぶった銀河帯のようなところを指しながら、みんなに問いをかけました。

カムパネルラが手をあげました。それから四、五人手をあげました。ジョバンニも手をあげようとして、急いでそのままやめました。たしかにあれがみんな星だと、いつか雑誌で読んだのでしたが、このごろはジョバンニはまるで毎日教室でもねむく、本を読むひまも読む本もないので、なんだかどんなこともよくわからないという気持がするのでした。

ところが先生は早くもそれを見つけたのでした。

「ジョバンニさん。あなたはわかっているのでしょう。」

ジョバンニは勢《いきおい》よく立ちあがりましたが、立ってみるともうはっきりとそれを答えることができないのでした。ザネリが前の席からふりかえって、ジョバンニを見てくすっとわらいました。ジョバンニはもうどぎまぎしてまっ赤になってしまいました。先生がまた云いました。

「大きな望遠鏡で銀河をよっく調べると銀河はだいたい何でしょう。」

やっぱり星だとジョバンニは思いましたがこんどもすぐに答えることができませんでした。

先生はしばらく困ったようすでしたが、眼をカムパネルラの方へ向けて、

「ではカムパネルラさん。」と名指しました。するとあんなに元気に手をあげたカムパネルラが、やはりもじもじ立ち上がったままやはり答えができませんでした。

先生は意外なようにしばらくじっとカムパネルラを見ていましたが、急いで、「では。よし。」と云いながら、自分で星図を指しました。

「このぼんやりと白い銀河を大きないい望遠鏡で見ますと、もうたくさんの小さな星に見えるのです。ジョバンニさんそうでしょう。」

ジョバンニはまっ赤になってうなずきました。けれどもいつかジョバンニの眼のなかには涙がいっぱいになりました。そうだ僕は知っていたのだ、もちろんカムパネルラも知っている、それはいつかカムパネルラのお父さんの博士のうちでカムパネルラといっしょに読んだ雑誌のなかにあったのだ。それどこでなくカムパネルラは、その雑誌を読むと、すぐお父さんの書斎から巨《おお》きな本をもってきて、ぎんがというところをひろげ、まっ黒な頁《ページ》いっぱいに白に点々のある美しい写真を二人でいつまでも見たのでした。それをカムパネルラが忘れるはずもなかったのに、すぐに返事をしなかったのは、このごろぼくが、朝にも午後にも仕事がつらく、学校に出てもうみんなともはきはき遊ばず、カムパネルラともあんまり物を云わないようになったので、カムパネルラがそれを知って気の毒がってわざと返事をしなかったのだ、そう考えるとたまらないほど、じぶんもカムパネルラもあわれなような気がするのでした。

(2)

「ねえお母さん。ぼくお父さんはきっとまもなく帰ってくると思うよ。」

「あああたしもそう思う。けれどもおまえはどうしてそう思うの。」

「だって今朝の新聞に今年は北の方の漁はたいへんよかったと書いてあったよ。」

「ああだけどねえ、お父さんは漁へ出ていないかもしれない。」

「きっと出ているよ。お父さんが監獄へはいるようなそんな悪いことをしたはずがないんだ。この前お父さんが持ってきて学校へ寄贈した巨《おお》きな蟹《かに》の甲《こう》らだのとなかいの角《つの》だの今だってみんな標本室にあるんだ。六年生なんか授業のとき先生がかわるがわる教室へ持って行くよ。一昨年修学旅行で〔原文以下数文字分空白〕」

「お父さんはこの次はおまえにラッコの上着をもってくるといったねえ。」

「みんながぼくにあうとそれを云うよ。ひやかすように云うんだ。」

「おまえに悪口を云うの。」

「うん、けれどもカムパネルラなんか決して云わない。カムパネルラはみんながそんなことを云うときはきのどくそうにしているよ。」

(3)
「そうだ。今晩は銀河のお祭りだねえ。」

「うん。ぼく牛乳をとりながら見てくるよ。」

「ああ行っておいで。川へははいらないでね。」

「ああぼく岸から見るだけなんだ。一時間で行ってくるよ。」

「もっと遊んでおいで。カムパネルラさんと一緒なら心配はないから。」

「ああきっと一緒だよ。お母さん、窓をしめておこうか。」

「ああ、どうか。もう涼しいからね。」

ジョバンニは立って窓をしめ、お皿やパンの袋をかたづけると勢いよく靴をはいて、

「では一時間半で帰ってくるよ。」と云いながら暗い戸口を出ました。

（4）

「ジョバンニ、らっこの上着が来るよ。」さっきのザネリがまた叫びました。

「ジョバンニ、らっこの上着が来るよ。」すぐみんなが、続いて叫びました。ジョバンニはまっ赤になって、もう歩いているかもわからず、急いで行きすぎようとしましたら、そのなかにカムパネルラがいたのです。カムパネルラは気の毒そうに、だまって少しわらって、怒らないだろうかというようにジョバンニの方を見ていました。

ジョバンニは、にげるようにその眼を避け、そしてカムパネルラのせいの高いかたちが過ぎて行って間もなく、みんなはてんでに口笛を吹きました。町かどを曲るとき、ふりかえって見ましたら、ザネリがやはりふりかえって見ていました。そしてカムパネルラもまた、高く口笛を吹いて向うにぼんやり見える橋の方へ歩いて行ってしまったのでした。ジョバンニは、なんとも云えずさびしくなって、いきなり走りだしました。すると耳に手をあてて、わああと云いながら片足でぴょんぴょん跳んでいた小さな子供らは、ジョバンニがおもしろくてかけるのだと思って、わあいと叫びました。

（5）

するとどこかで、ふしぎな声が、銀河ステーション、銀河ステーションと云う声がしたと思うと、いきなり眼の前が、ぱっと明るくなって、まるで億万の蛍烏賊《ほたるいか》の火を一ぺんに化石させて、そら中に沈めたというぐあい、またダイアモンド会社で、ねだんがやすくならないために、わざと穫《と》れないふりをして、かくしておいた金剛石を、誰かがいきなりひっくりかえして、ばらまいたというふうに、眼の前がさあっと明るくなって、ジョバンニは、思わず何べんも眼をこすってしまいました。

気がついてみると、さっきから、ごとごとごとごと、ジョバンニの乗っている小さな列車が走りつづけていたのでした。ほんとうにジョバンニは、夜の軽便鉄道の、小さな黄いろの電燈のならんだ車室に、窓から外を見ながら座っていたのです。車室の中は、青い天蚕絨《びろうど》を張った腰掛けが、まるでがら明きで、向こうの鼠《ねずみ》いろのワニスを塗った壁には、真鍮《しんちゅう》の大きなぼたんが二つ光っているのでした。

すぐ前の席に、ぬれたようにまっ黒な上着を着た、せいの高い子供が、窓から頭を出して外を見ているのに気がつきました。そしてそのこどもの肩のあたりが、どうも見たことのあるような気がして、そう思うと、もうどうしても誰だかわかりたくて、たまらなくなりました。いきなりこっちも窓から顔を出そうとしたとき、にわかにその子供が頭を引っ込めて、こっちを見ました。

それはカムパネルラだったのです。

ジョバンニが、

カムパネルラ、きみは前からここにいたの、と云おうと思ったとき、カムパネルラが

「みんなはね、ずいぶん走ったけれども遅れてしまったよ。ザネリもね、ずいぶん走ったけれども追いつかなかった。」と云いました。

（6）

「おっかさんは、ぼくをゆるしてくださるだろうか。」

いきなり、カムパネルラが、思い切ったというように、少しどもりながら、せきこんで云いました。

ジョバンニは、

（ああ、そうだ、ぼくのおっかさんは、あの遠い一つのちりのように見える橙《だいだい》いろの三角標のあたりにいらっしゃって、いまぼくのことを考えているんだった。）と思いながら、ぼんやりしてだまっていました。

「ぼくはおっかさんが、ほんとうに幸《さいわい》になるなら、どんなことでもする。けれども、いったいどんなことが、おっかさんのいちばんの幸なんだろう。」カムパネルラは、なんだか、泣きだしたいのを、一生けん命こらえているようでした。

「きみのおっかさんは、なんにもひどいことないじゃないの。」ジョバンニはびっくりして叫びました。

「ぼくわからない。けれども、誰《たれ》だって、ほんとうにいいことをしたら、いちばん幸なんだねえ。だから、おっかさんは、ぼくをゆるして下さると思う。」カムパネルラは、なにかほんとうに決心しているように見えました。

（7）

「切符を拝見いたします。」三人の席の横に、赤い帽子をかぶったせいの高い車掌が、いつかまっすぐに立っていて云いました。鳥捕りは、だまってかくしから、小さな紙きれを出しました。車掌はちょっと見て、すぐ眼をそらして（あなた方のは？）というように、指をうごかしながら、手をジョバンニたちの方へ出しました。

「さあ、」ジョバンニは困って、もじもじしていましたら、カムパネルラはわけもないというふうで、小さな鼠《ねずみ》いろの切符を出しました。ジョバンニは、すっかりあわててしまって、もしか上着のポケットにでも、はいっていたかとおもいながら、手を入れてみましたら、何か大きなたたんだ紙きれにあたりました。こんなものはいっていたかと思って、急いで出してみましたら、それは四つに折ったはがきぐらいの大きさの緑いろの紙でした。車掌が手を出しているもんですから何でも構わない、やっちまえと思って渡しましたら、車掌はまっすぐに立ち直っていねいにそれを開いて見ていました。そして読みながら上着のぼたんやなんかしきりに直したりしていましたし燈台看守も下からそれを熱心にのぞいていましたから、ジョバンニはたしかにあれは証明書か何かだったと考えて少し胸が熱くなるような気がしました。

「これは三次空間の方からお持ちになったのですか。」車掌がたずねました。

「何だかわかりません。」もう大丈夫だと安心しながらジョバンニはそっちを見あげてくつくつ笑いました。

「よろしゅうございます。南十字《サウザンクロス》へ着きますのは、次の第三時ころになります。」車掌は紙をジョバンニに渡して向うへ行きました。

カムパネルラは、その紙切れが何だったか待ちかねたというように急いでのぞきこみました。ジョバンニも全く早く見たかったのです。ところがそれはいちめん黒い唐草《からくさ》のような模様の中に、おかしな十ばかりの字を印刷したもので、だまって見ていると何だかその中へ吸い込まれてしまうような気がするのでした。すると鳥捕りが横からちらっとそれを見てあわてたように云いました。

「おや、こいつはたいしたもんですぜ。こいつはもう、ほんとうの天上へさえ行ける切符だ。天上どこじゃない、どこでも勝手にあるける通行券です。こいつをお持ちになれぁ、なるほど、こんな不完全な幻想第四次の銀河鉄道なんか、どこまでも行けるはずでさあ、あなた方大したもんですね。」

（8）

そしたらにわかにそこに、つやつやした黒い髪の六つばかりの男の子が赤いジャケツのぼたんもかけずひどくびっくりしたような顔をして、がたがたふるえてはだしで立っていました。隣りには黒い洋服をきちんと着たせいの高い青年がいっぱいに風に吹かれているけやきの木のような姿勢で、男の子の手をしっかりひいて立っていました。

「あら、ここどこでしょう。まあ、きれいだわ。」青年のうしろにもひとり十二ばかりの眼の茶いろな可愛らしい女の子が、黒い外套《がいとう》を着て青年の腕にすがって不思議そうに窓の外を見ているのでした。

「ああ、ここはランカシャイヤだ。いや、コンネクテカット州だ。いや、ああ、ぼくたちはそらへ来たのだ。わたしたちは天へ行くのです。ごらんなさい。あのしるしは天上のしるしです。もうなんにもこわいことありません。わたくしたちは神さまに召されているのです。」

（９）

「いえ、氷山にぶっつかって船が沈みましてね、わたしたちはこちらのお父さんが急な用で二ヶ月前一足さきに本国へお帰りになったのであとから発《た》ったのです。私は大学へはいっていて、家庭教師にやとわれていたのです。ところがちょうど十二日目、今日か昨日のあたりです、船が氷山にぶっつかって一ぺんに傾きもう沈みかけました。月のあかりはどこかぼんやりありましたが、霧《きり》が非常に深かったのです。ところがボートは左舷《さげん》の方半分はもうだめになっていましたから、とてもみんなは乗り切らないのです。もうそのうちにも船は沈みますし、私は必死となって、どうか小さな人たちを乗せてくださいと叫びました。近くの人たちはすぐみちを開いて、そして子供たちのために祈ってくれました。けれどもそこからボートまでのところには、まだまだ小さな子どもたちや親たちやなんかいて、とても押しのける勇気がなかったのです。それでもわたくしはどうしてもこの方たちをお助けするのが私の義務だと思いましたから前にいる子供らを押しのけようとしました。けれどもまた、そんなにして助けてあげるよりはこのまま神のお前にみんなで行く方が、ほんとうにこの方たちの幸福だとも思いました。それからまたその神にそむく罪はわたくしひとりでしょってぜひとも助けてあげようと思いました。けれどもどうして見ているとそれができないのでした。子どもらばかりのボートの中へはなしてやってお母さんが狂気のようにキスを送りお父さんがかなしいのをじっとこらえてまっすぐに立っているなどとてももう腸《はらわた》もちぎれるようでした。そのうち船はもうずんずん沈みますから、私はもうすっかり覚悟してこの人たち二人を抱いて、浮《うか》べるだけは浮ぼうとかたまって船の沈むのを待っていました。誰《たれ》が投げたかライフブイが一つ飛んで来ましたけれども滑ってずうっと向うへ行ってしまいました。私は一生けん命で甲板《かんぱん》の格子になったとこをはなして、三人それにしっかりとりつきました。どこからともなく三〇六番の声があがりました。たちまちみんなはいろいろな国語で一ぺんにそれをうたいました。そのときにわかに大きな音がして私たちは水に落ち、もう渦《うず》に入ったと思いながらしっかりこの人たちをだいてそれからぼうっとしたと思ったらもうここへ来ていたのです。この方たちのお母さんは一昨年没《な》くなられました。ええ、ボートはきっと助かったにちがいありません、何せよほど熟練な水夫たちが漕いで、すばやく船からはなれていましたから。」

(10)

「あれは何の火だろう。あんな赤く光る火は何を燃やせばできるんだろう。」ジョバンニが云いました。

「蝎《さそり》の火だな。」カムパネルラがまた地図と首っ引きして答えました。

「あら、蝎の火のことならあたし知ってるわ。」

「蝎の火ってなんだい。」ジョバンニがききました。

「蝎がやけて死んだのよ。その火がいまでも燃えてるって、あたし何べんもお父さんから聴いたわ。」

「蝎って、虫だろう。」

「ええ、蝎は虫よ。だけどいい虫だわ。」

「蝎いい虫じゃないよ。僕博物館でアルコールにつけてあるの見た。尾にこんなかぎがあってそれで刺されると死ぬって先生が云ったよ。」

「そうよ。だけどいい虫だわ、お父さんこう云ったのよ。むかしのバルドラの野原に一ぴきの蝎がいて小さな虫やなんか殺してたべて生きていたんですって。するとある日いたちに見つかって食べられそうになったんですって。さそりは一生けん命にげてにげたけど、とうとういたちに押《おさ》えられそうになったわ、そのときいきなり前に井戸があってその中に落ちてしまったわ、もうどうしてもあがられないで、さそりは溺《おぼ》れはじめたのよ。そのときさそりはこう云ってお祈りしたというの。

　ああ、わたしはいままでいくつのものの命をとったかわからない、そしてその私がこんどいたちにとられようとしたときはあんなに一生けん命にげた。それでもとうとうこんなになってしまった。ああなんにもあてにならない。どうしてわたしはわたしのからだを、だまっていたちにくれてやらなかったろう。そしたらいたちも一日生きのびたろうに。どうか神さま。私の心をごらん下さい。こんなにむなしく命をすてずどうかこの次にはまことのみんなの幸《さいわい》のために私のからだをおつかい下さい。って云ったというの。そしたらいつか蝎はじぶんのからだがまっ赤なうつくしい火になって燃えてよるのやみを照らしているのを見たって。いまでも燃えてるってお父さんおっしゃったわ。ほんとうにあの火それだわ。」

（11）

「もうじきサウザンクロスです。おりる支度《したく》をしてください。」青年がみんなに云いました。

「僕も少し汽車に乗ってるんだよ。」男の子が云いました。カムパネルラのとなりの女の子はそわそわ立って支度をはじめましたけれどもやっぱりジョバンニたちとわかれたくないようなようすでした。

「ここでおりなけぁいけないのです。」青年はきちっと口を結んで男の子を見おろしながら云いました。

「厭《いや》だい。僕もう少し汽車へ乗ってから行くんだい。」

ジョバンニがこらえかねて云いました。

「僕たちと一緒に乗って行こう。僕たちどこまでだって行ける切符持ってるんだ。」

「だけどあたしたちもうここで降りなけぁいけないのよ。ここ天上へ行くとこなんだから。」

女の子がさびしそうに云いました。

「天上へなんか行かなくたっていいじゃないか。ぼくたちここで天上よりももっといいとこをこさえなけぁいけないって僕の先生が云ったよ。」

「だっておっ母さんも行ってらっしゃるしそれに神さまがおっしゃるんだわ。」

「そんな神さまうその神さまだい。」

「あなたの神さまうその神さまよ。」

「そうじゃないよ。」

「あなたの神さまってどんな神さまですか。」青年は笑いながら云いました。

「ぼくほんとうはよく知りません、けれどもそんなんでなしに、ほんとうのたった一人の神さまです。」

「ほんとうの神さまはもちろんたった一人です。」

「ああ、そんなんでなしに、たったひとりのほんとうのほんとうの神さまです。」

「だからそうじゃありませんか。わたくしはあなた方がいまにそのほんとうの神さまの前に、わたくしたちとお会いになることを祈ります。」青年はつつましく両手を組みました。女の子もちょうどその通りにしました。みんなほんとうに別れが惜しそうでその顔いろも少し青ざめて見えました。ジョバンニはあぶなく声をあげて泣き出そうとしました。

(12)

「カムパネルラ、また僕たち二人きりになったねえ、どこまでもどこまでも一緒に行こう。僕はもうあのさそりのようにほんとうにみんなの幸《さいわい》のためならば僕のからだなんか百ぺん灼《や》いてもかまわない。」

「うん。僕だってそうだ。」カムパネルラの眼にはきれいな涙がうかんでいました。

「けれどもほんとうのさいわいはいったいなんだろう。」ジョバンニが云いました。

(13)

「カムパネルラ、僕たち一緒に行こうねえ。」ジョバンニがこう云いながらふりかえって見ましたらそのいままでカムパネルラの座っていた席にもうカムパネルラの形は見えずただ黒いびろうどばかりひかっていました。

ジョバンニはまるで鉄砲丸《てっぽうだま》のように立ちあがりました。そして誰《たれ》にも聞こえないように窓の外へからだを乗り出して力いっぱいはげしく胸をうって叫びそれからもう咽喉《のど》いっぱい泣きだしました。もうそこらが一ぺんにまっくらになったように思いました。そのとき、

「おまえはいったい何を泣いているの。ちょっとこっちをごらん。」いままでたびたび聞こえた、あのやさしいセロのような声がジョバンニのうしろから聞こえました。

ジョバンニは、はっと思って涙をはらってそっちをふり向きました。さっきまでカムパネルラのすわっていた席に黒い大きな帽子をかぶった青白い顔のやせた大人がやさしくわらって大きな一冊の本をもっていました。

「おまえのともだちがどこかへ行ったのだろう。あのひとはね、ほんとうにこんや遠くへ行ったのだ。おまえはもうカムパネルラをさがしてもむだだ。」

(14)

「ああ、どうしてなんですか。ぼくはカムパネルラといっしょにまっすぐに行こうと云ったんです。」

「ああ、そうだ。みんながそう考える。けれどもいっしょに行けない。そしてみんながカムパネルラだ。おまえがあうどんなひとでも、みんな何べんもおまえといっしょに苹果《りんご》をたべたり汽車に乗ったりしたのだ。だからやっぱりおまえはさっき考えたように、あらゆるひとのいちばんの幸福をさがし、みんなといっしょに早くそこに行くがいい、そこでばかりおまえはほんとうにカムパネルラといつまでもいっしょに行けるのだ。」

(15)

マルソがジョバンニに走り寄ってきました。

「ジョバンニ、カムパネルラが川へはいったよ。」

「どうして、いつ。」

「ザネリがね、舟の上から烏うりのあかりを水の流れる方へ押してやろうとしたんだ。そのとき舟がゆれたもんだから水へ落っこったろう。するとカムパネルラがすぐ飛びこんだんだ。そしてザネリを舟の方へ押してよこした。ザネリはカトウにつかまった。けれどもあとカムパネルラが見えないんだ。」

「みんな探してるんだろう。」

「ああ、すぐみんな来た。カムパネルラのお父さんも来た。けれども見つからないんだ。ザネリはうちへ連れられてった。」

ジョバンニはみんなのいるそっちの方へ行きました。そこに学生たち町の人たちに囲まれて青じろいとがったあごをしたカムパネルラのお父さんが黒い服を着てまっすぐに立って右手に時計を持ってじっと見つめていたのです。

みんなもじっと河を見ていました。誰《たれ》も一言も物を云う人もありませんでした。ジョバンニはわくわくわくわく足がふるえました。魚をとるときのアセチレンランプがたくさんせわしく行ったり来たりして黒い川の水はちらちら小さな波をたてて流れているのが見えるのでした。

下流の方の川はばー ぱい銀河が巨《おお》きく写って、まるで水のないそのままのそらのように見えました。

ジョバンニはそのカムパネルラはもうあの銀河のはずれにしかいないというような気がしてしかたなかったのです。

けれどもみんなはまだ、どこかの波の間から、

「ぼくずいぶん泳いだぞ。」と言いながらカムパネルラが出て来るかあるいはカムパネルラがどこかの人の知らない洲《す》にでも着いて立っていて誰かの来るのを待っているかというような気がしてしかたないらしいのでした。けれどもにわかにカムパネルラのお父さんがきっぱり云いました。

「もう駄目です。落ちてから四十五分たちましたから。」

本書は平成一九（二〇〇七）年白地社より刊行した『作品で読む宮沢賢治』を改訂したものである。再版にあたって、再度校正し、文字表記の統一性を一層図るとともに、難読と思われる漢字については、適宜ルビを振った。

新版 作品で読む宮沢賢治

2018 年 8 月 21 日　初刷発行
2024 年 4 月 11 日　２刷発行

編　者　京都橘大学日本語日本文学科
発行者　岡元学実

発行所　株式会社　新典社

〒111－0041　東京都台東区元浅草2-10-11　吉延ビル4Ｆ
ＴＥＬ　03－5246－4244　ＦＡＸ　03－5246－4245
振　替　00170－0－26932
検印省略・不許複製
印刷所 惠友印刷㈱　製本所 牧製本印刷㈱

ISBN978-4-7879-0644-1 C0093
https://shintensha.co.jp/
E-Mail:info@shintensha.co.jp